Jan A. Freyer & Moreen Hoffmann (Hrgs.)

Erzählungen und Gedichte
von Helga Klemt

Books on Demand

ISBN 978-3-734-73560-8
Copyright: © Helga Klemt
Einbandgestaltung und Skizzen: Moreen Hoffmann, Berlin
Texte: Helga Klemt
Satz und Layout: Jan A. Freyer und Moreen Hoffmann
Herstellung und Verlag: BoD-Books on Demand, Norderstedt
Printed in Germany

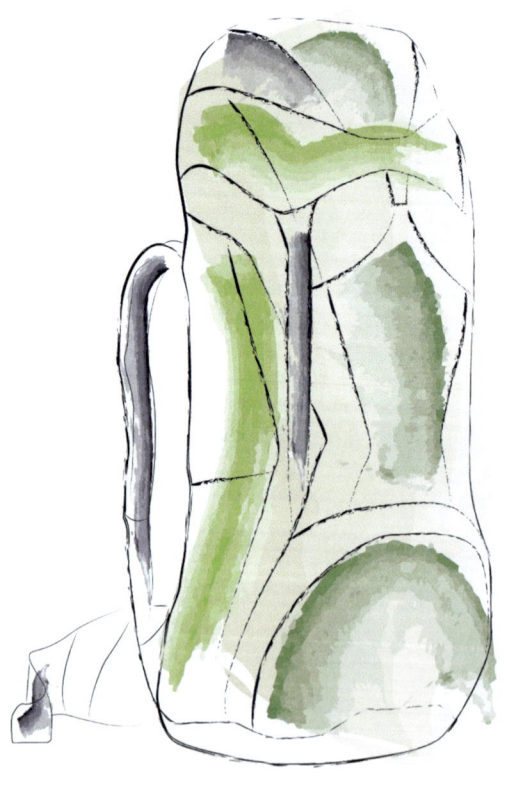

Wir gehen heute wandern

Wir gehen heute wandern, der Tag ist wunderschön.
Die Sonne lacht am Himmel, Wolken ziehen dahin.
Die Wanderschuhe holen wir raus, leinen an den Hund.
Packen auch Verpflegung ein, ja das ist gesund.

Durch Wiesen und Wälder wandern wir entlang,
die Vögel in dem Bäumen erfreuen uns mit Gesang.
In der Ferne hören wir es plätschern, es ist ein kleiner Bauch.
Der Wind es säuselt leise, die Bäume werden wach.

Rehe stehen Waldesrand, ein Hase springt am Weg entlang,
der Kuckuck ruft, der Specht er klopft, eine Maus sie aus ihrem
Loch. Ein Eichhörnchen auf dem Baum, will bestimmt nach Nüsse
schauen. Die Schnecke auf dem Moos, ganz langsam kriecht sie los.

Wir machen eine Pause, ruhen uns dann aus.
Langsam geht die Sonne unter, der Tag er klingt nun aus.
Packen alles wieder ein und jetzt geht es Heim.
Der Hund legt sich ins Körbchen und wir ins Bett hinein.

Lange liegen wir noch wach, denken an den schönen Tag.
Was werden wohl die Tiere tun, ob sie auch schon alle ruhen?
Der Mond der scheint zum Fenster rein, wir schlafen auch bald ein.
Sind morgens wieder wach, freuen uns auf den neuen Tag.

Fruehlingserwachen

Der Winter ist vorbei, der Frühling ist da.
Es blühen im Park die ersten Blumen wunderbar.
Es kommt auch schon der Storch geflogen,
setzt sich auf den Schornstein gegenüber von unserem Haus.

Er guckt erst mal in alle Richtungen, ob er auch hier zu Hause ist?
Ja, die Gegend kenne ich, hier bleibe ich.
Er putzt sein Nest, holt kleine Zweige, macht es schön,
denn seine Frau ist auch bald da, sie klappert schon ganz nah.
Da kommt sie auch schon angeflogen:

Mein Liebster, ist das wieder schön und so werden wir ins Nest gehen.
Ein paar Eier liegen dann im Nest, sie brüten sie gemeinsam aus.
Futter holen sie im Park, so manchen Frosch oder eine Maus.
Nach ein paar Wochen sind die Jungen da, sie wachsen ran und
fangen bald zu fliegen an.

Ist der Sommer dann vorbei, fliegen alle wieder weg,
suchen für den Winter einen warmen Fleck.
im nächsten Jahr kommen sie wieder,
und klappern auf dem Schornstein ihre Lieder,
und sorgen für Nachwuchs wieder.

Die Krähen auf dem Schlossturm

Ein altes Schloss steht in einem schönen Park.
Das gefällt auch den Krähen und sie treffen sich jeden Abend auf dem Turm.
Man hört krah krah krah... sie erzählen, was sie alles erleben.
Eine Krähe erzählt ihren Traum:
Ich bin geflogen, unter mir war ein Wald, Wiesen und bunte Blumen, dann in einem Garten sah ich einen Apfelbaum mit roten Äpfeln, da musste ich erst mal naschen.
Plötzlich hörte ich Geräusche und sah nach unten.
Hühner, ein Hahn und weiße Enten waren dort.
Ein Stückchen weiter vor der Hütte bellte ein Hund, ein dickes Schwein mit einem Hängebauch grunzte hinter dem Zaun.
Es standen große Schüsseln da, mit Futter und Wasser darin.
Ich krähte ganz laut, dann sind alle Tiere losgerannt.
Und das war auch gut so, denn ich wollte mir was zum Fressen holen.
Als ich zu dem Fressen flattern wollte, sprang eine Katze den Stamm hoch, dann bin ich aufgewacht.

Ich hätte so gern was gefressen und auch getrunken, erzählte die Krähe krah krah krah...

Als es wieder Morgen war, da flatterten die Krähen los und sahen einen Apfelbaum.
Sie machten Rast auf dem Apfelbaum und ruhten sich aus.
Der Baum hatte rote Äpfel und alle Krähen naschten davon.
Die Krähe , die ihren Traum erzählt hatte, sah auf einmal alle Tiere, das Futter und Wasser standen auch da krah krah krah
Mein Traum ist in Erfüllung gegangen. Alle diese Tiere sah ich, dafür danke ich euch meine Freunde und lade euch zum Fressen ein
Sie machte Krach krah krah krah...
Alle Tieren rennen weg und sie können sich satt fressen.

Die Wolken

Schau zu den Wolken, wie sie ziehen.
Was haben sie alles schon gesehen?
Freud und Leid auf ihre Reise,
manchmal weinen sie ganz leise.

Es regnet dann,
ich seh' den Himmel an,
die Wolken ziehen weiter,
und sie sind dann leichter und schneller.

Die Wurzel, die zum Leben erweckt wird

Es beginnt ein neuer Tag.
Der Förster fährt mit seinem Jeep und Dackel Willi in den Wald.
Der Sturm hat vor einigen Wochen viele Bäume umgekippt.
Die Forstarbeiter haben alles wieder aufgeräumt und das Holz am Wegrand gestapelt.

Der Förster und Willi schlendern durch den Wald, da liegt eine Wurzel, die nimmt der Förster mit nach Hause. Zu Hause stellt er die Wurzel in seinen Blumengarten.

Am nächsten Morgen entdeckt seine Frau die Wurzel. Auf der Wurzel sitzt eine Lerche und trillert.
Ihr Mann ist zur Jagd, auch Dackel Willi ist mit in den Wald gefahren.
Da kommt ihr die Idee: *„Ich werde meinem Mann eine Freude machen. Die Wurzel bekommt ein Gesicht."*
Sie holt Farbe und einen Pinsel und fängt an zu malen.

Als ihr Mann und Willi nach Hause kamen, ist sie fertig mit malen.
Willi springt aus dem Jeep, rennt zur Wurzel und tauft sie.
„Jetzt ist die Wurzel wieder erweckt worden.", sagte die Frau.
Ihr Mann war sehr froh, als er die Wurzel mit dem Gesicht sah.

Die Ente

Auf dem Dorfteich tauchen die Enten unter, erscheinen wieder sauber und munter.
Doch eines Tages, oh Schreck, ist eine Ente einfach weg. Da hilft kein Rufen und kein Fluchen, sie machen sich auf, um die eine zu suchen.

Neben der Straße, wo Autos rattern, hören sie die Ente schnattern.
Im Gebüsch ist etwas geschehen, das können die Enten sehr gut verstehen.
Ein bunter Erpel stellte sich ein, sie braucht nicht mehr allein zu sein.
Die Freude der Beiden ist sehr groß. Da wollen wir nicht weiter stören.
Man erzählte sich noch allerhand und nach Wochen war das Ergebnis bekannt.
Sechs Entenküken auf einen Streich, doch wie kommen sie rüber zu ihrem Teich.
Langsam zögernd laufen sie los, doch was ist das heute bloß.
Auto an Auto, kein Weg ist frei. Jetzt hält einer an- die Polizei.
Kelle hoch, die Autos bleiben stehen, ihr Enten, könnt als Erste gehen.
Er fährt wieder los mit lautem Geknatter, hinter sich hört er leises Geschnatter:

Dankeschön, Auf Wiedersehen!

Die Sonne

Lasst die Sonne in euer Herz,
so vergehen Hass und Schmerz,
und ihr werdet sehen,
das Leben ist schön.
Macht anderen Menschen eine Freude,
und sie ist noch so klein,
so kehrt auch Freude in euer Herz hinein.

Die Made

Es ist schade für die Made,
wie quält sie sich doch,
biss sich selbst das kleine Loch,
als sie in die Pflaume kroch.
Wie schade, die Pflaume hatte schon eine
Made. Also zurück, vor allem dem Vogel
hat das sehr gefallen.

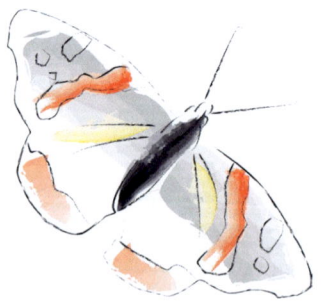

Der Schmetterling

Schmetterling, du bunter,
fliegst an mir vorbei,
ich schaue dir nach
und träume dabei:
Könnte ich in meinem Leben,
so leicht wie du,
durch die Zeiten schweben.

Das Haengebauchschwein

Das Hängebauchschwein, war immer allein. Man konnte es sehen hinter dem Zaun.
Eichhörnchen geben ein Stelldichein,
auch die Vögel beginnen zu schreien,
ein Huhn gackerte laut: So ein Benehmen, das Schwein sollte sich endlich mal schämen.

Der Hund am Zaun bellte obendrein: Du schmatzt und grunzt wie ein Schwein, das hört man bis zum Hühnerstall, du bist dreckig und gar nicht unser Fall.

Das Schwein erzählte vom früheren Leben, wo er auf dem Hof noch Freunde hatte,
als er noch vor das Haus durfte, wo man den roten Teppich ausrollte.
Die Geschichte gefiel allen sehr, sie baten um mehr.

Du bist zwar ein Schwein und immer allein. Doch kann es uns auch gelingen, den Tag gemeinsam mit dir zu verbringen.

Die Taube trueben auf dem Dach

Eine Taube auf dem Dach, machte ständig großen Krach.
Sie flatterte kräftig hin und her, doch hatte sie keine Federn mehr.
Sie dachte: Was hab ich nur getan, das ich nicht mehr fliegen kann.

Traurig und leise machet sie guh guh, die Freunde hörten von Weitem zu.
Es kamen fünf gleich, ungelogen, neugierig zu ihr angeflogen.
Sie fragten: Was ist dir geschehen, so haben wir dich doch noch nie gesehen.
Die Taube erzählte, sie bewegte nur ihre Flügel hin und her und hatte plötzlich keine Federn mehr.
Jeden Tag um die gleiche Zeit, kamen die Freunde von weit und breit.
Sie erzählten ihr, was es Neues gab, schenkten ihr auch etwas Nahrung.
Teilten die Körner und auch Wasser, bald schon ging es dem Täubchen besser.
Bald konnte es in die Luft sich erheben. Bedankte sich freundlich nach dem Schreck:

Nie wieder fliegen mir Federn weg!

Die Schnecke

In der Natur war alles verkehrt, dich nun hat der Regen aufgehört.
Die Schnecke im Haus ist aufgewacht, sie hat geschlafen die ganze Nacht.
Die Schnecke kriecht auf das weiche Moos, wo bleiben meine Freunde bloß.
Sie beschleunigt ihren Schritt, das kleine Haus muss immer mit.
Sie kann die Freunde dort entdecken, wie sie Flügel und Beine strecken.

Der Körper trocknet und macht sich lang, so werden sie jedenfalls nicht krank.
Die Schnecke ruft: *Bleibt nicht so lange liegen, sonst bekommt ihr einen Sonnenbrand.*

Dabei sieht es schon wieder nach Regen aus.
Schnecke, wir kommen in dein Haus, sagten die Freunde.
Ihr müsst wissen, mein Haus ist klein, doch Freunde lass ich immer rein, antwortete die Schnecke.

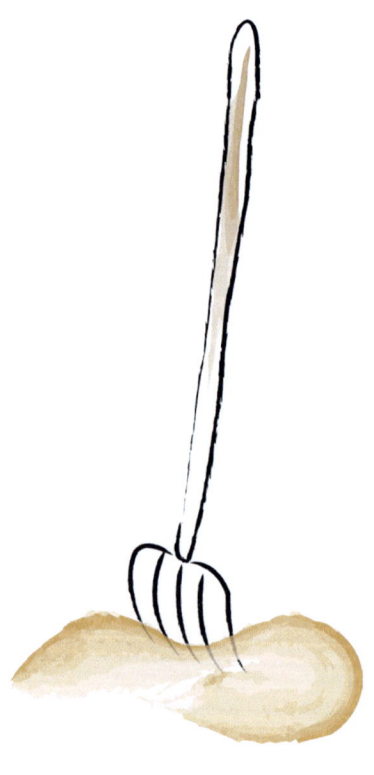

Auweih, auweih

Auweih, auweih- was für ein Geschrei.
Der Hahn, der hat ein Ei gelegt,
die Hühner sind ganz aufgeregt.

Auweih, auweih- es ist gar kein Ei.
Sie fragen sich, was es denn sei:
Es sieht mehr aus wie brauner Brei.

Auweih, auweih- was es auch sei.
Sie blicken in das Nest hinein
und fangen alle an zu schreien.

Auweih, auweih- Angeberei!
Wenn wir nun auch das Gleiche tun,
dann gäbe es bestimmt kein Huhn.

Auweih, auweih- du wärst allein
und hättest weit und breit kein Huhn,
dann wäre nicht für dich zu tun.

Auweih, auweih- wenn es so ist,
dann geh ich nicht mehr in das Nest,
ich bleibe lieber auf dem Mist.

Froehlich in den Tag

Wir sehen oft die schönen Dinge nicht, sie bleiben uns verborgen,
weil wir traurig sind und haben unsere Sorgen.
Sind wir wieder froh und frei von des Alltagslast,
erfreuen wir uns am Leben, es kann uns viel Schönes geben.

Es singen schon früh die Vögel, ganz leise ihr Lied dahin.
Die Blumen wiegen sich im Wind, ein neuer Tag beginnt.
Alle Menschen Groß und Klein, freuen sich auf den Sonnenschein.
Die Tiere im Wald und Flur, fühlen sich wohl in der Natur.

Ein kleiner Bach, der rauscht dahin und es springen Fische drin.
Die Wanderer stimmen ein Lied an, das ein Jeder singen kann.
Die Sonne scheint in jedes Herz, sie lindert manchen Schmerz.
Was für ein schöner Tag, den man nie vergessen mag.

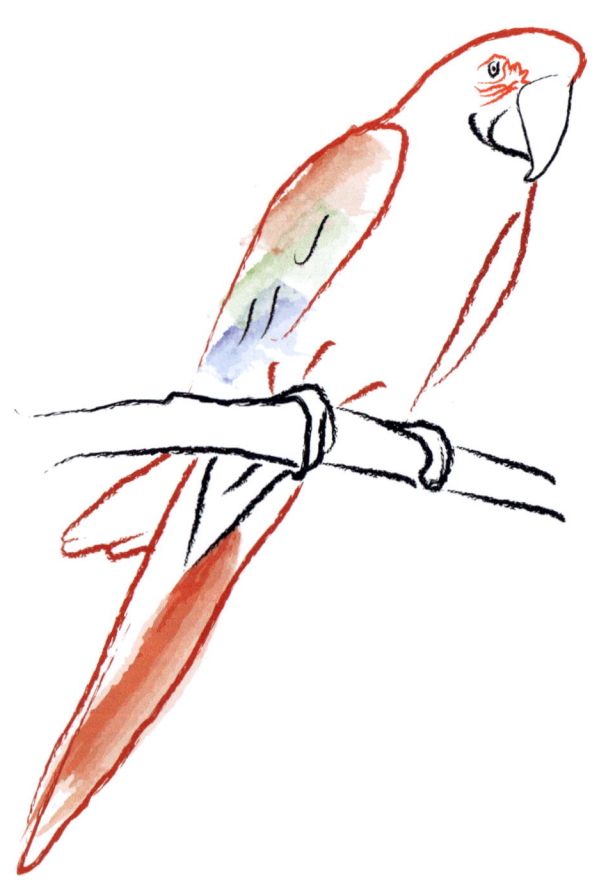

Cora, der Papagei

Eine Opernsängerin, sie heißt Wilhelmine, aber alle rufen Minchen, steht fast jeden Abend auf der Bühne und das schon viele Jahre lang. Von Nah und Fern kommen Zuschauer und erfreuen sich an ihrem Gesang.
Doch nun ist die Zeit gekommen , wo sie Abschied nehmen muss, denn ihre Stimme versagte.

Wie oft sitzt sie am Klavier, spielt und versucht zu singen.
Ihre Freunde, die mit ihr auf der Bühne standen, kommen zu Besuch und machen sich Sorgen um Minchen. Sie überlegten sich, wie sie ihr helfen können und beschließen, ihr einen Papagei zu schenken.

In der Zoohandlung angekommen, werden sie gleich an der Tür begrüßt: *Guten Tag, gnädige Frau.*
Es war Cora, der Papagei.
Er hat bestimmt mal bei einer feinen Dame gelebt.
Sie nehmen ihn nun mit und fahren zu ihrer Freundin und klingeln.

Langsam geht die Tür auf.
Minchen freute sich sehr über den Papagei und erzählt ihm aus ihrem Leben.
Cora dreht mal den Kopf nach links, mal nach rechts oder steckt ihn in die Federn.
Eines Morgens, als sein Käfig noch zugedeckt ist, hört Minchen Töne, die ihr bekannt vorkommen.
Nimmt dann das Tuch ab und Cora gebt die Pfote hoch, als wenn sie dirigieren will und beide Singen.

Die Freunde kommen zu Besuch, das Fenster ist offen, da hören sie Gesang, sogar die Vögel im Garten zwitschern mit. Sie wollen nicht stören und gehen wieder nach Hause, sind glücklich, das ihre Freundin nicht mehr so alleine ist.

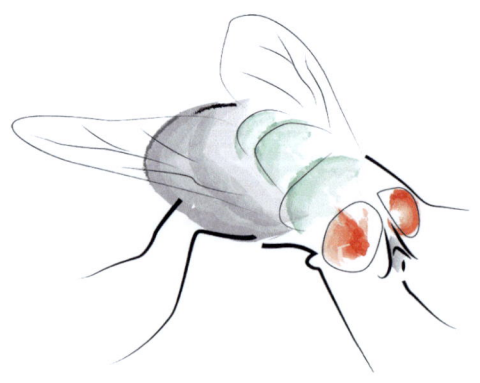

Die Fliege

Die Sonne lacht durch das Fenster, alle sind schon aufgewacht.
Die Fliege kreist im Zimmer herum, will gern jemanden kitzeln.
Keiner da- wie dumm.

Durch das Schlüsselloch sieht sie schöne Sachen, wie Krümel und Käse für sich zum Naschen.
Sie quetscht sich durch, fliegt zum Tellerrand.
Sie hat großes Glück, denn sie ist allein. Sie schluckt vergnügt und fliegt dann zur Wand.

Doch dann kommt der Opa durch die Tür, er hat kein Erbarmen mit dem kleinen Tier.
Er hebt die Hand, verharrt ganz leise, dann schlägt er zu, ganz schnell und nicht fein.
Die Fliege war schneller auf ihre Weise.

Trotzdem bekommt sie einen großen Schreck und fliegt erst einmal ganz weit weg.
Sie setzt sich auf die Fensterbank zum Überlegen, macht ihre Beine und Flügel lang.
Ein Glück, ich kann noch alles bewegen.

Der Igel

Der Igel sitzt am Gartentor und stellt sich etwas Schönes vor.
Sieht an der Straße gelbe Säcke, einer steht gleich an der Ecke.

Ich würde so gern etwas naschen, ob ich mir einen Sack erhasche?
Ich stech ein Loch und kriech hinein, hier reicht es gut und schmeckt auch fein.

Bald kommt ein Auto angesaust und hält direkt beim Nachbarhaus.
Der Igel raus aus dem Versteck, den gelben Sack, den trägt man weg.

Rennen kann er nun nicht mehr, er ist zu dick und auch zu schwer.
Aber heil kam er zurück, nicht jedes Mal hat man so viel Glück.

Die Maus

Diese Maus in ihrem Jammer, suchte in der Speisekammer,
etwas zum Nagen, etwas für den leeren Magen.
Loch gefunden, Käse auch, fraß und fraß sich voll den Bauch.
Bald sah sie das Missgeschick, für das Loch war sie zu dick.

Doch auf Rettung konnte sie hoffen, denn das Fenster stand ja offen.
Also hoch und kein Theater, aber unten sitzt der Kater.
Der macht einen Satz und hinterher, gefangen hat er sie nicht mehr.

Der Frosch

Der kleine Frosch am Wegesrand, gelangweilt denkt er nach:
Da gäbe es doch allerhand zu sehen in dem großen Land.

Zunächst hüpft er auf einen Stein, der an der Straße lag.
Dann springt er los und kommt nicht weit, so ein Frosch braucht wirklich Zeit.

Ein Auto kommt plötzlich ganz schnell entlang.
Der Frosch bekommt einen Riesenschreck.
Dreht um, hüpft wieder auf den Stein, ein Ausflug kann gefährlich sein.

Die Kuh

Auf der Weide steht eine Kuh,
mal macht sie einen Haufen, mal macht sie Muh und Milch gibt sie
auch noch dazu.

Der Bulle auf der Wiese nebenan, denkt so wie ein richtiger Mann.
Wie komm ich da nur ran?
Man könnte Anlauf nehmen und springen,
das könnte mir starkem Kerl doch gelingen,
Ich habe Erfahrungen in solchen Dingen.

Mit Anlauf rüber und hin zu der Kuh,
die guckt nicht schlecht, mach muh und muh.
Dann dreht sie sich und sagt: Nanu?
Eines Tages ist ein Kälbchen da,
keiner wusste so recht, wie das geschah,
wer war denn nun der Herr Papa?

Auf der Weide nebenan hört man: muh muh muh
Der Bauer sagt: Ach mein Freund, das warst doch du!

Erni die Elster

Hinter einem Berg im Tal liegt ein kleines Dorf. Am Rande des Dorfes steht ein kleines Häuschen, darin wohnen ein alter Mann und sein Hund Beethoven.
Im Garten wachsen Blumen, Gemüse und ein Nussbaum. Im Herbst kommen Eichhörnchen zu Besuch und holen sich Nüsse.
Oft gehen Herrchen und Beethoven spazieren. Dann kann Beethoven ohne Leine laufen.
Doch plötzlich fängt er an zu bellen! Als sein Herrchen zu ihm geht, liegt im Gras ein kleiner Vogel, der aus dem Nest gefallen ist. Der Mann holt aus dem Haus einen Schal, den seine Frau für ihn gestrickt hatte und wickelt den Vogel vorsichtig darin ein.
Er setzt sich dann auf seinen Sessel, auf dem Schoß liegt der Schal mit dem kleinen Vogel, davor sitzt Beethoven. Der alte Mann gibt den Vogel, es ist eine Elster, den Namen Erni. Erni erholt sich langsam.
Beim Spazieren gehen fliegt Erni mit. Ruht sich ml auf Beethoven aus, lässt sich ein Stück tragen und fliegt dann wieder weiter.
Die Kinder vom Dorf kommen zu Besuch und haben sich mit Erni angefreundet.
Der alte Mann repariert immer die Fahrräder der Kinder. Doch eines Tages fehlen ein paar Schrauben.
Alle suchen stundenlang, bis Erni gackert auf dem Baum in einem Nest.
Die Kinder holen eine Leiter und stellen sie an den Baum und finden in dem Nest von Erni glänzende Gegenstände und auch alle Schrauben.
Erni fliegt weg und kommt erst nach vielen Tagen wieder, aber nicht allein. Es ist wohl ihr neuer Freund, auch eine Elster. Sie setzen sich Beide auf das Dach vom Haus und sind laut.
Unter dem Nussbaum schläft Beethoven. Er wird wach von dem Gegacker, läuft zu seinem Herrchen und bellt. Beide stehen vor dem Haus und der alte Mann sagt:
Erni erzählt seinem Freund bestimmt die Geschichte von dem alten Mann und seinem Hund Beethoven, die ihr das Leben gerettet haben.

Schmetterling, du bunter

Ein Schmetterling fliegt langsam vorbei, er will zeigen wie schön bunt er sei.
Ich kann die Farben gar nicht so schnell sehen, so werde ich ein Stück des Weges gehen.
Da, bei der Familie Kraus steht eine Sonnenblume,
sie ist so schön und ein Schmuckstück vor dem Haus.
Wie kommt sie da nur hin?
Einen Kern brachten die Vögel oder vielleicht der Wind?
Ich sehe sie mir genauer an und was sehe ich da?
Mein Schmetterling macht darauf Rast.
Um ihn herum, was ist denn das, kleine Käfer, eine Biene summt.
Auf dem Gartenzaun ein Vöglein und eine Katze schurrt herum.
Die Sonne scheint, der Schmetterling wird müde und schläft ein.
So mancher Gast kommt noch dazu, doch er schläft in seliger Ruh.
Da wird er plötzlich wach, was denn ist geschehen?
Alle bestaunen seine Farben, sie sind doch so wunderschön.

Wer kann das sein?

Es hat geklopft an meinem Fenster,
ich krieg einen Schreck,
denn draußen ist noch finster,
auch der Mond ist weg.

Leise steh ich auf,
setz mich ganz still hin,
es fängt schon wieder an zu klopfen.

Dachte, war das der Wind?
Schaue dann genauer hin,
große Regentropfen, klopfen an
und laufen weg geschwind.

Das Eichhoernchen

Im Garten steht ein Nussbaum,
der bekommt täglich Besuch.
Ein flinkes, kleines Kerlchen,
erklimmt ihn im schnellen Flug.

Es sammelt Nüsse für den Winter,
und trägt sie ganz weit fort.
Aber keiner weiß, wo er ist,
der geheime Ort.

Kleines Eichhörnchen, iss dich dick und satt.
Aber lass uns noch ein paar Nüsse dran.
Ein Säckchen voll- für Kekse und Kuchen,
und für den Weihnachtsmann.

Erni die Elster

Ein Tannenbaum steht im Wald, er ist schon ein paar Jahre alt.
Jedes Jahr zur Weihnachtszeit, wenn es stürmt und schneit,
deckt der Schnee ihn zu und wieder einmal hat er seine Ruhe.

Doch dieses Jahr ist es geschehen, ein Pferdeschlitten kam.
Kinder und der Weihnachtsmann stimmen Weihnachtslieder an
und halten vor dem schönen alten Tannenbaum.
Platsch! Da lag er schon im Schnee- Oje, ob ihm das weh tat?
Mit Gesang und Glockengeläut fahren sie mit ihm durch den
Winterwald.

Zu Hause angekommen, wird er gleich mit in die Stube genommen.
Wird geputzt mit bunten Kugeln, einer Lichterkette, Lametta,
rote Schleifen, goldenen Sternen, selbst gebackenen Plätzchen und
oben auf der Spitze, kommt ein Engel, gebastelt hat ihn Opa Fritze.

Es ist Heiligabend, Geschenke liegen unter dem Baum.
Auch der Weihnachtsmann bekommt ein Geschenk.
Ein Hase sitzt unter dem Baum, ob der Baum wohl denkt,
der Hase sieht aus wie der vom Wald, der immer zu mir kam, als
es kalt war?
Aber nein, er ist es nicht, denn dieser hier bewegt sich nicht.

Die Weihnachtszeit ist nun vorbei, das neue Jahr beginnt.
Der Bau steht in der Ecke und nadelt vor sich hin.
Nun kommt er wieder raus in den Schnee.
Durch den Gartenzaun da guckt ein Hase.
Er spitzt die Ohren, rümpft die Nase und schüttelt seinen Kopf.
Was ist denn geschehen?
Der Baum war doch grün, so herrlich anzusehen.
Wo sind denn seine Nadeln hin?
Fragte sich der Hase.

Als der Baum den Hasen sah, war seine Freude riesengroß, denn sein Freund war da.
Er sehnte sich nach ihm so sehr, doch helfen kann er ihm nicht mehr.
Opa Fritze, er denkt, das kann nicht sein, holt den Baum in die Werkstatt rein.
Schärft sein Messer, ratsch und ritsch, die Äste fallen unter den Tisch.
In der Hand hält er zwei Quirls und bringt sie in die Küche rein.
Oma Else ist beim Kochen und kann die Quirls gut gebrauchen.

Die Reste von dem Baum verbrennt Opa Fritze dann im Ofen
und Tannenbaumduft zieht durch den Raum.

Ein Tannenbaum auf dem Balkon

Ein Tannenbaum auf dem Balkon,
er wird geschmückt, es weihnachtet schon.
Bunte Kugeln hängen dran.
Abends gehen die Lichterketten an.

Eine Meise von gegenüber, dachte sich,
da flieg ich doch mal rüber.
Ganz langsam kommt sie angeflogen,
macht erst einen großen Bogen,
setzt sich dann auf den Baum,
um sich alles an zuschauen.

Da sitzt ein Vogel,
bewegt sie sich, tut er es auch.
Hat auch, wie sie, einen schwarzen Fleck am Bauch
und zwitschern kann er auch.
Freudig springt sie hin und her,
plötzlich war der Ast, wo der Vogel saß, leer.

Es war ja kein Vogel, nur eine Weihnachtsbaumkugel.
Sie fiel herunter und brach entzwei.
Aber es hängen noch viele bunte Kugeln dran,
in denen sie sich spiegeln kann.

Besuch im Park

Rehe stehen im Waldesrand, sie machen ihren Hals ganz lang.
Ihre Augen, die sind riesengroß was ist denn hinterm Teich vor dem Schloss bloß los?
Hin und her wir da gerannt, es dauert gar nicht lang,
alles leuchtet weiß, wer weiß?

Die Rehen ruhen sich nun aus, warten bis die Sonne untergeht und der Mond am Himmel steht.
Da kommt er schon, der dicke Mann, über Wiesen, Wald und Häuser zieht er seine Bahnen.
Es wird hell, nun können sie gehen, um nach zusehen, was vor dem Schloss geschieht.

Welch ein Genuss, weiße Blüten und Knospen,
alles im Überfluss, sie fressen und fressen, kriegen einen großen Schreck, alles ist weg.
Sie laufen schnell zum Wald zurück und wieder einmal hatten sie Glück.

Der Morgen graut, am Waldesrand sieht man Rehe stehen und beobachten, was wird nun geschehen?
Stäbe werden aufgestellt, sie stinken fast bis zum Wald.
Die Rehe hat man nicht wieder gesehen.
Die Stiefmütterchen erholten sich bald, denn es kam keiner mehr aus dem Wald.

Dankeschoen an meine Tule

Ach, könntest du doch reden, meine kleine Freundin mit dem weichem Fell.
Mit den spitzen Ohren und Augen, sie gucken so hell.

Wenn ich traurig bin, setz ich mich still hin.
Du bist da, springst auf meinen Schoß, dann träumen wir Beide still vor uns hin.
Du stößt mich mit kalter, feuchter Nase an.
Das soll heißen: Guck mich mal an!
Du möchtest mit mir reden, ich schaue in deine Augen.
Plötzlich wird alles fröhlich in mir, das verdanke ich alles dir.

Vielleicht ist es auch gut, dass du nicht reden kannst.
Dir erzähle ich doch alles und es wird mir leichter ums Herz.
Von Herzen danke ich dafür, nimm dieses Leckerli von mir.

In Gedanken wandere ich

So lange meine Füße mich noch tragen, werde ich einen Spaziergang wagen.
Sollte es mal nicht mehr sein, so bleibe ich daheim.
Damit ich alles Schöne nicht vergesse, was ich jeden Tag so sehe, hole ich Papier, Pinsel und Farben und gehe in Gedanken den Weg.
Sonnenschein am Himmel, Wiesen, Blumen, Bäume male ich dann auf.
Pilze stehen im Wald, die sammelte ich auch.
Ein Sonnenblumenfeld, ganz dicht am Waldesrand,
ach wie gern ich dort entlang gegangen bin.
Alles kann ich gar nicht malen, so soll es auch nicht sein.
Ich kann ja noch spazieren gehen und all das Schöne sehen.
Mein Bild ist fertig und hängt nun an der Wand.
Ich hoffe, das noch viele Jahre vergehen,
bis ich's muss abnehmen und in Gedanken dann spazieren gehen.

Jan A. Freyer
**Die nächste Limette
ist Meine**

Books on Demand. 168 Seiten
€ 9,99 [D] Buch
€ 1,99 [D] E-Book
ISBN 978-3-734-73560-8

Jan A. Freyer erzählt in seinem Debütwerk aus dem Leben eines Schülers und wie er erst Kellner und dann plötzlich Lehrer wurde, um eigentlich Theaterpädagogik zu studieren. Und das in einem Berlin mit schlechter Bildungspolitik und sozialen Schieflagen.

Klingt verwirrend? Ist es auch!